어느 날
100만 원이 생겼다

어부바와 나누는 어린이 금융이야기

김지원 외 22인

현명한 용돈관리 비결,
어려운 이웃과 사회를 생각하는
따뜻한 마음이 담긴
어린이들의 금융이야기

"

따뜻한
금융의 힘으로
희망을
어부바하겠습니다.

"

안녕하십니까? 신협중앙회장 김윤식입니다.

《어느 날 100만 원이 생겼다》의 발간을 진심으로 축하드립니다.

대한민국의 미래를 이끌어갈 어린이들의 올바른 금융 이해를 돕기 위해 마련한 제1회 전국 초등학생 서민금융 글짓기 대회가 성공적으로 마무리되었습니다.

출품된 1,891편의 작품 모두 뛰어난 창의력으로 놀라움을 선사했습니다. "100만 원이 생기면 내가 아닌 다른 사람을 위해 쓰고 싶다"는 훈훈한 이야기는 보는 이들을 미소짓게 만듭니다.

그 중 22편을 엄선해《어느 날 100만 원이 생겼다》에 담았습니다. 어린이들의 용돈 관리법은 물론 직접 용돈을 벌어 저축하는 기특한 생활 모습이 잘 담겨 있습니다.

이 책을 통해 어린이 여러분 스스로가 건강한 경제관념과 올바른 금융 가치관을 갖게 되기를 소망합니다.

2021. 03. 31.

신협중앙회장 김 윤 식

목 차

열 살 인생
용돈 관리법

나는 돈을 좀 쓴다. 용돈은 일주일에 700원을 받지만 코로나19가 시작되면서 따로 받지 않고 있다. 하지만 나에겐 늘 용돈이 있고 마음대로 쓸 수도 있다. 오히려 쓸수록 칭찬받기도 하고 나도 기분이 좋아지는 용돈이다. 그런 용돈이 어디 있을까? 여기 있다! 누구나 소중한 용돈을 벌 수 있는 방법을 소개한다.

나는 6세 때부터 엄마아빠와 늘 하고 있는 일이 있다. 우리 동네 고물상에 가거나 중고서점, 나눔가게에 가는 일이다. 거의 매월 세 곳 중 한 곳은 빠짐없이 간다.

1. 고물상에서 용돈 버는 법

우리 집에서는 신문을 몇 부 구독 중이고 그래서 매일 신문이 쌓인다. 그 신문을 종이박스에 모아두고 택배박스나 폐지도 모았다가 때가 되면 수레에 싣고 고물상으로 간다. 처음엔 엄마와 함께 갔지만 요즘은 나 혼자 가기도 한다.

무겁게 신문을 끌고 가도 받는 돈은 몇백 원뿐이다. 그래서 왜 가나 싶었다. 엄마한테 그냥 돈을 달라고 짜증도 냈었다. 그런데 고물상에 가면 좋은 일도 생긴다. 운이 좋으면 내가 갖고 싶었던 물건이나 책을 발견하기도 해서 신문을 팔고 받은 돈으로 사오기도 한다. 지치기도 하지만 고물상 아저씨, 아줌마가 주시는 요구르트를 마시면 다음에 또 가고 싶다는 생각이 든다.

고물상에서 받은 돈은 내 용돈이다. 저녁밥을 먹고 아이스크림이나 과자 디저트를 내 용돈으로 사오면 엄마아빠가 너무나 행복해 하신다.

2. 중고서점에서 용돈 버는 법

우리 가족은 서점에도 자주 가는데 그때마다 엄마아빠는 꼭 책을 사주신다. 집에 책이 많아지면 책 정리를 하는데 계속 읽을 책과 팔아도 될 책을 나누고 팔 책은 수레에 싣고 중고서점에 간다.

지난주에도 그렇게 책을 팔아서 5만 원을 벌었다. 원래 내 통장으로 넣어주시기로 했지만 서점 포인트로 적립해야 돈을 더 받을 수 있다고 해서 그냥 서점 포인트로 넣었다. 대신 내 책을 또 샀다. 중고서점에서 책을 판 돈은 내 용돈이다. 이렇게 좋은 책을 사고 다 읽으면 팔거나 기증한다. 그래서 책을 더 소중하게 읽게 된다.

3. 나눔가게에서 용돈 버는 법

우리 집 베란다에는 내 장난감 박스 두 개가 있다. 헤어져도 될지 말지 고민되는 장난감을 모아놓는 박스다. 헤어질 준비가 되면 그 장난감을 들고 나눔가게로 간다. 엄마는 옷이나 안 쓰는 물건을 챙겨 간다. 엄마는 그곳에서 돈 쓰는 걸 아주 좋아하신다. 돈을 쓸수록 새터민과 장애인의 일자리가 늘어난다고 하셨다. 다른 나눔가게도 자주 가서 기증한다. 나는 그곳에서 엄청나게 희귀한 따발총을 득템했다. 그런 총을 다시는 못 만났지만 그래도 또 한 번의 대박을 기대하며 엄마 따라 나눔가게에 간다. 기부영수증이 오면 엄마는 그 돈을 내 통장이나 저금통에 넣어주신다. 나눔가게에 기부도 하고 난 용돈을 번다. 나눔가게에서 받아주지 않는 건 학교바자회에서 팔기도 했다. 작년 바자회에선 내가 가장 빨리 완판 했는데, 올해 바자회는 열리지 않아서 너무나 아쉽다.

코로나19 기간에 집에 있는 시간이 많아지면서 이 세 곳을 더 자주 갔다. 옷, 책, 장난감을 많이 정리했고 엄마가 쓰러질 것 같아서 나도 많이 도와드렸다. 지치기도 했지만 이렇게 용돈을 버는 건 정말 소중한 것 같다. 내 것을 나눠서 버는 용돈이기 때문이다. 작은 돈은 용돈함에 모아쓰고 큰 용돈은 통장에 모아두고 있다. 앞으로는 작은 돈도 의미 있게 잘 쓰도록 연습하고 싶다. 나는 화가 '밥 로스' 아저씨를 정말 좋아하는데 밥 아저씨가 나에게 이렇게 말할 것 같다.

"용돈 버는 일~ 참 쉽죠잉~."

들어보세요

100만 원으로
할 수 있는
좋은 일

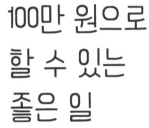

어느 날 100만 원이 생긴다면 나는 뭘 할 수 있을까?

한 번도 생각해본 적은 없지만 생각만으로도 기분이 좋아지는 건 내 마음속에 욕심이라는 나쁜 마음이 있어서일까? 동생에게도 물어보았더니 동생은 아직 어려서 100만 원이 생긴다면 좋은 집을 살 거라고 말하지만 나는 4학년이라 100만 원으로는 절대 집을 살 수 없다는 걸 알고 있다. 나에게 100만 원이 생긴다면 평소 좋아하는 치킨, 콜팝도 사 먹고 문방구에 가서 동생이 좋아하는 포켓몬 카드도 사주고 싶다. 그걸 다 하고도 돈이 남으면 뭘 하면 좋을까?

할머니랑 부모님께도 선물을 드려볼까?

할머니는 분명 괜찮다면서 안 받으시겠지만 부모님은 "성민아, 고마워"라며 받으시겠지? 그러고는 보이지 않는 유령 통장 안에 넣어놓았다고 하시겠지? 현실적으로 생각해본다면 나에게 100만 원이라는 큰돈이 생길 일은 없겠지만 맛있는 걸 사먹는다면 분명 살이 찔 거야. 그리고 동생에게 장난감을 사준다면 금방 싫증을 내겠지?

예전에 부산 초량에 간 적이 있는데 그곳에 의자에 앉아 있는 소녀상을 본 적이 있다. 그런데 그 소녀상이 모자랑 목도리는 하고 있었는데, 아무것도 신고 있지 않은 맨발을 보며 마음이 아팠다. 왜 아무것도 신고 있지 않은 걸까? 그래서 나는 나에게 100만 원이 생긴다면 그 소녀상에게 신발과 양말을 사주고 싶다. 그리고 그 슬픈 소녀상의 주인공인 위안부 할머니들께도 맛있는 걸 사드리고 싶다. 그리고 힘내시라고 공부 열심히 해서 나중에 멋진 어른이 돼서 일본에게 꼭 사과를 받겠다고 말씀드리고 싶다.

처음에 100만 원이 생긴다면 뭘 할 수 있을지 내 생각만 했는데 다른 사람들에게도 좋은 일을 할 수 있다는 걸 알게 되었다.

🎧 들어보세요

우리 이제
이사 가요!

우리 집은 지금 작아요.

방은 두 개인데 다 작고 거실도 좁아요.

주아네 집은 아주 넓어요. 거실도 넓고 방도

세 개나 있어요. 나는 주아네 집에 갈 때마다

많이 부러워했어요.

그런데 이번 8월에 우리 집이 이사를 가요.

우리 아빠 엄마가 10년 동안 돈을 모으고 모으셨대요.

우리 아빠는 멀리 떨어져 있는 곳에서 일을 하셔서 주말에만 만날 수 있어요.

우리가 보고 싶어도 꾹 참고 나도 모르게 저축하셨나 봐요.

우리 엄마는 마사지 숍에서 일을 하셔요. 몸도 약한데 다른 사람 몸을 건강하게 해주는 일을 하셔요. 아침부터 일찍 일어나서 저녁 여섯 시에 집에 들어오면 우리를 위해 먹을 것을 챙기고 집안일을 또 하셔요.

나는 엄마를 보면 눈물이 나려고 해요. 우리 엄마도 아빠처럼 힘들어도 돈을 모아 꼬박꼬박 저축하셨대요.

우리가 이사하는 집은 바로 개미아빠 개미엄마의 10년 저축의 힘이었어요.

이제 나도 이사를 가면 엄마처럼 무엇이든지 아낄래요.

우리 아빠처럼 아껴서 꼭 저축할래요.

아주 쉬운 나만의 용돈 관리 비결

용돈을 잘 관리하는 나만의 비결

요즘 들어 생긴 내 취미가 있는데, 바로 돈 모으기이다. 더 어릴 때는 용돈이 생기면 갖고 싶은 장난감이나 맛있는 음식을 사 먹었는데, 최근에는 작은 돈을 모아 크게 만들어 꼭 필요한 것에 쓰는 것이 좋은 방법인 것을 알았다.

나의 돈 모으는 비결은 아주 간단하다. 먼저 부모님께 일주일에 한 번씩 용돈 2,000원을 받으면, 1,000원은 바로 돼지저금통으로 쏙! 그리고 나머지 1,000원은 지갑에 넣어 가지고 다닌다. 그래서 필요한 것이 생기면 사고, 충동구매를 하

지 않을 수 있다. 두 번째는 엄마, 아빠 심부름이나 마사지를 해드리고 용돈을 받으면 저금하는 것이다. 그리고 할머니, 할아버지께서 명절이나 생일 때 주시는 용돈을 바로 쓰지 않고 저금한다. 그러다 보면 돼지저금통의 배는 점점 불러오를 것이다. 그 저금통의 비밀은 돈을 뺄 수 있는 구멍이 없어야 한다. 그래야지 내가 다시 꺼내 쓰지 않을 것이기 때문이다.

돼지저금통의 배가 꽉 차게 되면 그때는 신협으로 달려간다. 나에게는 엄마가 만들어주신 자유적금과 정기적금통장이 있다. 자유적금은 내게 돈이 생길 때 1,000원이나 2,000원부터 자유롭게 저금할 수 있고, 정기적금은 매달 꾸준히 1만 원이든, 2만 원이든 신협과 약속한 돈을 저금하는 것이다.

내 통장이 생기고 내 돈이 생기니 돈을 아껴 쓰고 올바르게 써야겠다는 책임감이 든다.

나중에 이렇게 저금을 잘하는 어른이 되어서 나만의 멋진 집을 갖고 싶다. 그리고 나의 돈으로 어려운 이웃을 위해 기부도 하며 좋은 일에 쓰고 싶다. 그러면 너무 뿌듯하고 내 기분도 좋고 행복할 것 같다. 아주 쉬운 나만의 용돈 관리 비결! 이것을 친구들에게도 알려주고 싶다.

할아버지를 위한 선물

나에게 100만 원이 생겼다

나에게 100만 원이 생긴다면 우리 외할아버지께 모두 드리고 싶다. 외할아버지는 지금 많이 편찮으시다. 얼마 전 외할머니가 돌아가셨기 때문이다. 외할머니는 건강하셨는데 어느 날 갑자기 쓰러지셔서 몸을 못 움직이셨다. 그래서 외할아버지가 정성껏 간호하셨다. 내가 지금은 열한 살이지만 그때는 다섯 살이었다.

우리 가족은 일주일에 한 번 외할머니를 보러 외할아버지 댁에 꼭 갔다. 내가 외할머니께 인사했지만 외할머니는 눈만 껌벅이셨다. 외할머니는 못 움직이시고 침

대에 가만히 누워만 계셨다. 밥도 혼자서는 못 드셨다. 마치 혼자서 아무것도 못

하는 아기 같았다. 나를 그토록 예뻐하셨는데 그 모습은 사라지고 없었다.

"외할머니, 일어나세요!"

"외할머니, 건우가 왔어요!"

아무리 귀에 대고 소리쳐도 바위처럼 꿈쩍도 안 하셨다. 나는 그때마다 슬펐다.

외할아버지는 외할머니의 그림자처럼 꼭 붙어서 밤과 낮을 함께하셨다.

그리고 몇 년 뒤 외할머니는 돌아가셨다. 우리 가족 모두 슬퍼했지만 그중 외할

아버지가 가장 슬퍼 보였다.

그 뒤 외할아버지는 어느 곳도 가지 않았다.

외할머니가 돌아가셔서 자유로워졌는데도 외할아버지는 여행을 가시지 않았고

계속 집에만 계셨다. 아마 외할머니는 하늘나라에서 외할아버지가 건강하게 오

랫동안 사셨으면 좋겠다고 생각하실 것 같은데도 할아버지는 꼼짝하지 않으셨다. 제발 건강하게 일어나 돌아다니셨으면 좋겠다.

그래서 나는 100만 원이 생기면 아낌없이 외할아버지에게 다 드려서 마음 편히 여행을 다니면서 건강하게 오래오래 사셨으면 좋겠다. 꼭 100만 원을 받고 힘을 내셨으면 좋겠다.

🎧 들어보세요

진짜
이런 행운이
온다면

28

갑자기 나에게 100만 원이 생긴다면 나는 50%를 우리 집 남은 대출금을 갚으라고 부모님께 드릴 것이다.

내가 50만 원을 대출금 갚으라고 부모님께 드리고 싶은 이유는 우리 집이 그렇게 잘사는 것도 아니고 엄마가 지금 우리 집을 팔고 12평짜리 미용실을 차려야 하나 고민 중인 걸 봐서다. 돈이 부족하고 그러면 미용실을 얻기 위해 또 대출을 받게 되면 부모님이 그걸 갚기 위해 힘드실 것 같아서이다. 그래서 100만 원 중 50%를 대출금을 갚는 데 꼭 쓸 것이다.

그리고 남은 50만 원으로는 우리 집에 있는 키보드와 마우스 헤드셋을 바꿀 것이다. 왜냐면 내가 요즘에 컴퓨터를 많이 하는데 우리 집의 키보드가 가끔 안 먹히고 마우스는 너무 가벼워서 불편하다.

마지막으로 헤드셋은 컴퓨터가 TV 바로 옆에 있어서 소리를 키우면 아빠가

"소리가 너무 크다. 시끄럽다"라며 뭐라 하시고 소리를 줄이면

게임에 집중할 수가 없다.

그래서 갑자기 나에게 100만 원이 생긴다면 50만 원으로는

우리 집 대출금을 갚고 남은 50만 원으로는

내가 갖고 싶은 키보드, 마우스, 헤드셋을 살 것이다.

하지만 이런 행운 같은 마법이

내게 찾아올지 모르겠다.

돈은 쓰면 그만이지만 혹시, 혹시,

이런 행운이 내게 온다면 힘든 부모님

어깨를 가볍게 해드리고 싶다.

들어보세요

차곡차곡 용돈 모으기

어느 날 100만 원이 생겼다

야! 신난다! 설날 세뱃돈을 받을 땐 정말 기쁘다.

왜냐하면 나에겐 많은 이모가 있기 때문이다. 용돈을 세어봤다. 유치원 다닐 때는 돈을 셀 줄 몰랐지만, 부루마블 게임 때문에 돈 계산을 잘하게 됐다. 엄마는 저축해준다고 세뱃돈을 달라고 하셨지만, 초등학생이 되었으니 내 돈은 내가 관리하고 싶다고 말씀드렸다. 엄마는 허락해주셨다.

마트에 가서 겨울왕국 레고를 샀다. 친구들과 문구사에서 과자도 실컷 사먹었

다. 이모와 밥을 먹을 때 내가 계산을 했다. 인기를 얻는 것 같아 기분이 좋았다. 하지만 내 돈이 점점 없어지니 우울한 느낌도 들었다.

학교 가는 날이 다가왔다.

엄마는 나에게 핸드폰이 있으면 좋겠다고 하셨다. 나에게 핸드폰이 생기다니 생각만으로도 너무 기뻤다. 핸드폰 가게에 가서 핸드폰을 골랐다. 나는 엄마와 똑같은 핸드폰을 사고 싶었다. 엄마에게 말씀드리니 이건 100만 원이 넘는다고 하셨다.

결국 나는 저금통이 있는 돈에 맞게 키즈폰을 샀다. 너무 아쉬웠다.

내가 받은 세뱃돈과 그동안 모은 동전 저금통 돈을 합치면 엄마 핸드폰을 살 수 있었을 텐데 생각하니, 그동안 마음껏 썼던 돈이 너무 아까웠다.

시간을 돌리고 싶었다.

나에게 100만 원이 있으면 얼마나 좋을까?

결국 나는 설날이 되기 전까지 돈을 모으기로 했다. 저금통에 용돈이 생길 때마다 넣고 있다. 차곡차곡 쌓인 돈이 제법 무거워졌다.

나는 저금통 뚜껑을 열어 슬라임도 사고, 피규어도 사고, 아이스크림도 사먹고 싶지만 참을 것이다. 나의 목표는 핸드폰이기 때문이다.

쓰고 싶은 것을 참고 돈을 저축하는 일은 참 중요한 일 같다.

왜냐하면 돈이 필요한 순간은 꼭 오기 때문이다.

돈이 꼭 필요한 순간에 돈이 없는 건 정말 괴로운 일이다.

엄마가 알려준 저금하는 습관

어느 날 100만 원이 생겼다

만약 어느 날 나에게 100만 원이 생긴다는 행운이 오면 나는 그 돈 중 80만 원은 내 통장에 저금하고 싶다.

엄마는 내가 유치원 때부터 항상 용돈이 생기면 통장에 저금 먼저 하고 나머지 돈으로 내가 필요한거 사라고 말씀하셨다. 내가 필요한거 먼저 사고 나중에 저금을 하려고 하면 저금 할 돈을 다른 데 다 쓴다고 하시면서 어른이 되어서 일을 하여 돈을 벌어도 꼭 저금 먼저 하라고 하셨다. 나는 엄마 말을 잘 듣는 딸이라

지금껏 그렇게 해왔고 앞으로도 그렇게 하고 싶다. 마음 같아선 100만 원 전부 저금하고 싶은데 나머지 20만 원은 엄마랑 기차 타고 바다 보러 가고 싶다.

난 엄마와 단둘이 살고 있다. 엄마는 혼자 돈을 벌어 나를 키우신다.

남들은 비행기 타고 놀러 가지만 난 엄마랑 둘이 기차 타고 바다에 가서 수영을 해보는 것이 소원이다. 엄마는 항상 내년에 가자고 하시는데 난 지금 가고 싶다. 나에게 천사님이 준 100 만 원 중 20만 원으로 엄마와 둘이 꼭 바다 가서 수영도 하고 맛있는 것도 먹고 싶다.

그리고 어렸을 때부터 엄마 손 잡고 은행에 다니면서 통장에 저금한 돈이 지금 150만 원이다. 이 돈은 내가 설날 친척들한테 세뱃돈 받은 거하고 엄마 심부름 할 때마다 용돈 받은 거 모은 거다. 내가 모은 150만 원에다가 80만 원 합하면 230만 원이 된다.

엄마는 저금하는 이유가 내가 훌륭한 사람이 되기 위해서는 공부를 해야 하기 때문에 공부 가르치려고 저금을 하는 거라고 하셨다. 하지만 내가 저금하는 이유는 엄마랑 단둘이 해가 들어오는 집에서 살고 싶어서이다. 빨리 열심히 저금하고 나중에 훌륭한 사람 되어서 돈 많이 벌어 꼭 창문으로 햇님이 방긋 웃는 집을 엄마에게 선물해주고 싶다.

어려서부터 내게 아끼고 저금하는 습관을 길러주신 우리 예쁜 엄마가 나는 이 세상에서 제일 좋다.

🎧 들어보세요

꿈을 위한 저축

용돈을 잘 관리하는 나만의 비결

나는 초등학교 3학년 최재영이다.

나의 이야기를 할 때 절대로 빼놓을 수 없는 가족, 내가 태어났을 때부터 우리 가족은 대가족이었다. 그랜맘, 그랜파더, 엄마, 아빠, 오빠, 이모 그리고 지금은 이모가 결혼하여 이모부와 친동생이나 다름없는 여섯 살 사촌 여동생도 생겼다. 엄마, 이모의 직장생활로 우리를 돌봐주시는 그랜맘, 그랜파더와 같이 한 집에서 산다.

난 이쁘다라는 소리보다 착하다는 소리를 좋아한다. 착하다는 소리를 들으려고 오빠와 안 싸우려고 노력하고 동생과도 잘 놀아주고 그랜맘 심부름도 잘한다. 착하다는 소리를 자주 듣기도 하고 그에 따른 보상도 가끔씩 받고 있다. 이모와 이모부는 말썽꾸러기 지효를 내가 잘 돌봐준다고 항상 맛난 것도 사주고 지효 옷 살 때나 장난감을 살 때 내 것도 같이 사준다. 물론 1,000원씩 용돈도 잘 준다.

그랜맘이 말하기를 이모가 지효만 딸이라고 챙겨주면 나와 우리 오빠가 서운할 수도 있다 보니 항상 똑같이 해주려고 한다고 생각이 깊은 이모라고 했다.

나도 그렇게 생각하는 것이 이모는 어디를 놀러 가도 나를 데리고 가고 지효랑 나를 자매처럼 똑같이 옷을 입힌다. 난 가끔 실수로 이모를 엄마라고 부른다. 헤헤~

오빠는 이제 중학교 2학년이라서 우리랑 놀지는 않는다. 용돈을 잘 관리한다는 이야기를 하기 위해서는 내가 우선 용돈을 어떻게 받고 있는지를 설명해야 하다 보니 가족 이야기를 빼놓을 수가 없는 것이다.

그랜맘은 심부름을 하는 나에게 보상을 해주기 위해 1,000원짜리를 많이 가지고 있다. 여러 가지 상황으로 용돈을 받을 일이 자주 있다 보니 우선 1,000원씩 받은 용돈을 나의 비밀상자에 잘 모아둔다.

1,000원이 5장 생기면 난 곧바로 그랜맘에게 5,000원짜리로 바꾸어 달라고 한다.

그리고 또 돈이 모이면 1만 원짜리로 바꾼다. 작은 돈이 있으면 쉽게 써버리게 되다 보니 큰돈으로 바꾸어서 쓰기 아까워지게 만드는 거다.

나의 비밀상자에는 가족들은 생각도 못할 큰돈이 있다. 나는 그 돈을 보면 수천 가지의 상상들을 한다. 이 돈으로 무얼 할지…. 어떤 날은 멋진 킥보드를 사서 타고 다니는 내 모습을 상상하고 어떤 날은 최신형 핸드폰을 사서 친구들 앞에서 폼 나게 사용하는 모습을 상상한다.

또 어떤 날은 우리 가족을 모두 식당으로 데리고 가서 맛난 것을 사주는 자랑스러운 내 모습을 상상한다. 난 비밀상자에 있는 돈만 생각하면 든든하고 가슴이 두근두근하며 기쁘다.

돈을 쓰고 싶은 유혹도 많지만 내가 돈 쓰는 일들은 그랜맘, 그랜파더, 엄마, 아빠 생일에 편지와 함께 봉투에 돈을 넣어서 드리거나 오빠 생일에 떡볶이를 사주거나 지효 생일에 큰 막대사탕과 예쁜 색종이를 사주는 정도 그리고 친구들에게 얻어먹은 게 생기다 보면 나도 갚는 거 정도이다.

돈을 너무 쓰고 싶은 유혹이 생기면 난 주저 없이 엄마에게 약간의 비상금만 빼고는 내 통장에 저금해달라고 몽땅 드린다. 그리고 저금통장은 꼭 나에게 달라고 한다. 통장이 나에게 있어야 더 큰 꿈들을 상상할 수 있기 때문이다. 엄마는 내가 돈을 통장에 넣어 달라고 하면 이 돈이 어떻게 생겼는지를 생각나는 대로 이야기 해달라고 한다. 그러면 통장에 그랜맘이 준 돈, 아빠가 준 돈, 이모기 준 돈 등의 내용이 나와 있다. 그걸 볼 때마다 용돈을 준 가족들에게 감사함도 느끼고 쑥쑥 늘어나는 내 돈을 보면 더 큰 꿈들이 생긴다.

통장에 있는 돈은 나중에 내가 디자이너 꿈을 이루기 위해 사용할 돈이다.

난 오늘도 내 꿈을 이루기 위해 그림도 그리고 그랜맘, 그랜파더 심부름도 열심히 하고 있다.

용돈을 모으는 연습

학원이 끝나고 배고파서 간식을 먹으려 하는데 주머니에 돈이 없어서 간식을 못 먹었던 적이 있었다.

집에 아무것도 먹을 게 없는데 사먹지 못해서 안타까웠다.

엄마한테 용돈을 조금만 달라고 했다.

엄마가 월급을 받을 때 1만 원씩 주기로 약속했다.

이제 학원이 끝나고 간식을 먹을 수 있어서 기분이 좋았다.

그렇게 해서 엄마 월급날 1만 원씩 받기로 했다.

처음 용돈을 받을 때부터 다 모아서 3~4만 원을 모았다.

사고 싶은 것을 참으면서 모아보니 뿌듯했다.

엄마 생일이 돼서 3만 원을 드렸다.

엄마가 고맙다고는 했지만 크게 감동을 받은 것은 아닌 것
같았다. 열심히 모아서 드렸는데 힘이 좀 빠졌다.

이제 용돈을 다 써버려서 한 달 동안 학원이 끝나고 배고파
도 간식을 못 먹는다. 이번에는 돈을 모아서 형 생일에 선물
을 줘야겠다.

평소 형이랑 사이는 안 좋지만 생일 선물을 한 번 주고 싶다.

형은 생일 선물을 받아도 아무 얘기를 안 할 것 같다.

그래도 괜찮다.

내가 주고 싶으니까 내 마음만 풀리면 된다.

이렇게 용돈을 모으기가 어렵다.

용돈을 모으지 않으면 물건 값이 비싸기 때문에 뭐든지 사는 것이 힘들다.

모으고 모으는 연습을 해야 한다.

내가 하고 싶은 것을 하기 위해서.

이채민 분포초등학교 5학년 2반

🎧 들어보세요

100만 원으로
좋은 세상 만들기
어느 날 100만 원이 생겼다

만약 지금 우리 가족 앞으로 나온 재난지원금 100만 원을 부모님께서 모두 나에게 쓰라고 한다면 나는 어떻게 할까?

장난감, 휴대폰, 게임 머니 등 갖고 싶었지만 평소에는 사기 힘든 물건을 살 수도 있겠지만 나는 그 돈을 좀 더 가치 있게 써보고 싶다.

일단 그중 1/4인 25만 원으로 식품의약품안전처에서 인증을 받아 효과가 증명된 마스크를 사서 시골에 보내고 싶다. 우리 할머니, 할아버지가 살고 계신 경북 의성은 아이들과 청년들이 별로 살고 있지 않아서 얼마 가지 않아 사라지게 될 지역의 1순위라고 한다. 자식이 있는 노인들은 자식들이 챙기니 괜찮을 것 같지만 우리처럼 멀리 살고 있고, 게다가 인근인 대구 지역에서 확진자가 많이 나와서 혹시나 방문하는 과정에서 오히려 코로나 바이러스에 노출될까 봐 자식들의 방문을 말리시는 분들이 많다고 한다.

노인들은 인터넷 주문도 쉽지 않을 것이므로 나는 내가 가진 돈의 일부로나마 마스크를 사서 기부하고 싶다.

그리고 두 번째로는 25만 원으로 손소독제를 사서 놀이터와 같이 사람들이 많이 붐비는 장소에 놔두고 싶다. 지금도 버스를 타면 손소독제가 있고 학교에도 교실마다 손소독제를 갖추고 있지만 정작 필요할 때는 다 쓰고 빈 통만 남아 있는 경우가 많았다. 사람들이 관리하는 공공 장소도 손소독제가 떨어질 때가 있는데 어린아이들이 많이 다니는 놀이터에서는 한 번도 손소독제를 본 적이 없다. 물론 각자 집에 가서 손을 씻어도 되지만 놀이터에서 노는 중에 바이러스에 노출될 수도 있기 때문에 수시로 손을 소독할 수 있게 내가 손소독제를 사서 놔주고 싶다. 아이들의 경우에는 답답하다고 마스크를 제대로 착용하고 있지 않는 경우도 많아서 특히나 더 위험하니 많은 돈은 아니지만 손소독제를 사서 놔두면 다른 사람들도 보고 따라해서 아이들이 안심하고 놀기에 더 나은 환경이 꾸며질 수 있을 것 같다.

마지막으로 남은 50만 원으로는 어려운 이웃을 위해 쓰라고 정부에 기부하고 싶다. 고아원이나 장애인 복지관 등 도와주고 싶은 곳은 많지만 50만 원으로 여러 곳을 돕기에는 턱없이 부족할 것 같아 정부에 맡기면 가장 적합한 곳을 골라 도와줄 수 있을 것 같기 때문이다.

평소에 사회복지단체에 기부를 해도 내가 낸 돈이 모두 어려운 이웃들에게 전달되는 것이 아니라 시설 관리비 등 운영에 필요한 부분이 있어서 일부 금액을 제하고 사용된다고 들었다. 정부에 맡기면 그래도 내가 기부한 돈이 모두 어려운 이웃에게 온전히 쓰일 수 있을 것이다.

공짜로 생긴 돈이라고 생각해서 흥청망청 쓰지 말고 각자가 생각하는 가장 가치 있는 일에 쓰거나 어려운 이웃을 위해 기부하는 사람들이 많아졌으면 좋겠다.

모두가 힘든 시기지만 그래도 서로 배려하고 나보다 더 힘든 사람들을 위해 마음을 나눈다면 코로나도 금세 이겨낼 수 있을 것 같다. 100만 원이란 돈은 쓰기에 따라 1,000만 원의 가치도 될 수 있고 그 이상의 가치도 될 수 있을 것이다.

나만의 행복을 위해 쓰는 것도 중요하지만, 나의 행동으로 여러 사람이 모두 행복해질 수 있다면 다른 사람들을 위해 내 돈을 쓰는 것도 전혀 아깝지 않을 것이다. 특히 내가 시작한 나눔과 기부가 유행처럼 번진다면 그 효과는 엄청날 것이고, 세상은 지금보다 훨씬 더 살기 좋은 곳이 될 것이다.

100만 원으로 좋은 세상을 만들 수 있다면 정말 대단한 일이 아닐까?

미래를 위한 저축 습관

우리 가족의 즐거운 저축 생활

"엄마, 이번 주말 우리 가족 치킨데이 잊지 않았지?"

"당연하지. 우리 아드님이 제일 좋아하는 치킨데이를 엄마가 잊으면 안 되지."

주말이면 외식을 주로 하던 우리 가족은 올해 초부터 정해진 날에만 외식을 하고 음식을 배달시키기로 가족회의를 통해 결정했다. 뭐 치킨 한 마리를 먹는데 가족회의까지 하냐고 콧방귀를 끼는 사람도 있겠지만, 작년 가을 우리 가족은 우연한 기회로 봉사단체가 주관하는 희망 편지글 쓰기에 참여하면서 세계 각국의 어려운 처지에 놓인 내 또래 친구들 이야기를 접했다. 새벽 일찍 가방 하나 둘러메고 집을 나서는 열두 살 남자아이는 신발도 신지 않고 하루 종일 돌을 캐고, 힘든 작업을 했다. 휴식시간에는 고인 시커먼 물을 마시며 학교에 가고 싶어 눈물을 흘렸다. 그 영상을 온 가족이 본 후 도울 수 있는 방법이 있겠다 싶어 내가 먼저 가족회의를 제안했다. 한 달에 3만 원이면 어려운 나라의 어린이 1명의 한 달 먹을거리와 학용품을 지원해줄 수 있다는 말에 나는 본능적으로 부모님께 "우리가 주말마다 외식을 하고 배달음식을 먹는 횟수를 줄여 도우면 안 될까요?"라고 말씀드렸다.

부모님께서는 내가 그런 제안을 했다는 것에 매우 놀라신 듯 토끼 눈을 뜨시며 고개를 끄덕끄덕 해주셨다.

"울 아들이 먹는 것을 줄여 친구를 돕겠다는데, 이 아빠가 반대할 이유가 없지?"

엄마는 내 머리를 쓰다듬으며 미소를 지으셨다.

내가 제일 좋아하는 치킨과 피자 세트를 주문하면 딱 3만 원이다. 눈 딱 감고 한 달에 한 번 배달음식을 줄이면 어려운 한 친구가 배우고 편히 먹을 수 있다니 마음이 뿌듯해졌다.

온 가족의 동의로 실천에 옮긴 지 벌써 1년이 다 되어간다. 이런 일이 있은 후, 나는 음식을 먹을 때마다 감사함을 느꼈고 내가 스스로 무엇인가를 실천했다는 것이 뿌듯했다.

매달 3만 원을 내 이름으로 후원하면서 나는 내 힘으로 용돈을 모아 나의 미래를 위해 투자할 방법도 골똘히 생각하게 되었다. 일주일에 2만 원의 용돈을 받고 한 달에 한 번 할아버지, 할머니 댁에 인사를 가면 5만 원의 용돈을 받는다.

한 달에 13만 원의 고정용돈과 고모를 운 좋게 만나면 생기는 5만 원의 추가용돈이 있는데 내 이름으로 된 통장을 만들어 매달 5만 원의 자유저축을 하기로 결정했다. 이전에는 남은 용돈을 돼지저금통에 모아 명절날 받는 용돈을 보태 신형 게임기나 현금으로 게임아이템을 사는 데 주로 소비했다. 저축을 결심하고 실행한 지 3개월째, 나는 내 통장을 자주 들여다보며 괜히 웃곤 한다. 그냥 왠지 모르게 뿌듯하다. 현금인출카드까지 있으니 왠지 내가 큰 어른이 된 것 같은 기분마저 들었다. 통장을 개설할 때 부모님과 함께 은행에 들러 복잡한 절차와 서류들을 준비했다. 미성년자 통장을 만드는 절차가 복잡했다. 악용되는 나쁜 사례까지 친절하게 안내받았다. 통장이 생긴 이후 게임아이템을 사는 횟수가 줄었고 내년에 중학생이 되면 용돈을 더 올려주신다는 부모님 말씀에 미리 내년 저축계획을 짜기도 했다. 주택청약통장을 가입해 한 달에 2만 원~50만 원까지 자유롭게 가입이 가능하다는 안내 리플릿을 보며 월 10만 원의 저축을 목표로 계획서를 짜 부모님께 드려 보았다.

아버지께서는 내가 드린 저축계획서와 잔고통장을 보시더니 월 10만 원의 용돈은 너무 부담스러운 금액이니 아빠가 한 달에 5만 원, 그리고 내가 5만 원 해서 합체저축을 하자고 말씀하셨다. 직장을 다니시는 아빠는 의료보험이나 고용보험도 이런 방식으로 개인과 직장이 합체하여 금액을 부담함으로써 나중에 보장을 개인이 받을 수 있다는 설명까지 더불어 해주셨다. 성인이 되어 내가 직장을 얻고 결혼하여 주택을 청약 받는다는 상상을 하니 왠지 내 미래가 탄탄한 벽돌을 쌓아 올라가는 든든한 느낌이 들었다.

남을 돕는 마음에서 시작된 가족회의 날 이후, 나는 내 스스로의 미래를 든든하게 만드는 저축 습관을 실천하는 힘이 생겨났다. 내년에 또 하나의 통장이 만들어져 나를 든든하게 해줄 것을 생각하니 벌써부터 기분이 좋아진다.

"친구들아 부럽다고? 너희들도 충분히 실천할 수 있어. 지금 바로 자신의 이름으로 된 통장부터 하나 만들어봐. 시작이 반이란다. 화이팅!"

동상 **구영준** 서울 서신초등학교 1학년 1반

🎧 들어보세요

모여라,
모여라,
50원!

장난감 정리 50원

신발장 정리 50원

동생 놀아주면 50원

모여라, 모여라, 50원!

모여서, 모여서, 1,000원이 되면

내가 좋아하는 떡볶이

냠냠냠!

🎧 들어보세요

콩콩
쿵쿵

할아버지 할아버지

나 받아쓰기 백 점 받았어요.

잘했죠?

돼지 맘마 주세요. 네~에?

오냐~

할머니 할머니

나 편식 안 하고 골고루 먹었어요.

잘했죠?

돼지 맘마 주세요. 네~에?

오냐~

아빠 아빠

나 동생이랑 사이좋게 놀았어요.

잘했죠?

돼지 맘마 주세요. 네~에?

오냐~

엄마 엄마

나 내 방 정리정돈 했어요.

잘했죠?

돼지 맘마 주세요. 네~에?

오냐~

오늘도

나의 저금통은 배부르다고 콩콩

나의 마음은 쿵쿵

우리 가족의
즐거운 저축 생활

우리 가족은 아빠, 엄마, 누나, 저 4명이 살고

있습니다. 저는 아직 아홉 살이라 용돈을 받지 않습니다.

학원 끝나고 엄마께서 태우러 오시고 간식은

학교 앞에서 매일 사주셔서 아쉽게 따로 용돈이 없습니다.

가끔 문구점이나 마트 가서 갖고 싶은 장난감이

있어 사달라고 조르면 엄마께서는

"안 돼, 돈 없어"라고 단호하게 말씀하십니다. 그럴 때마다 우리 집은 왜 매일 돈이 없지? 속상했습니다.

친구들은 다 갖고 있는데, 사달란 거 다 사주던데 부러웠습니다. 슬펐습니다.

우연히 엄마가 통장을 보고 계시는 걸 보고 왜 우리한테 돈이 없다고 하시는 줄 알게 됐습니다. 우리 이름으로 된 통장에 내가 태어나서 지금까지 매달 조금씩 저축을 해주셨습니다. 금액을 읽을 수 없었지만 엄마가 자랑스러워 보였습니다.

그 후로 사달라고 안 하고 심부름하고 주시는 동전은 뽑기통이 아닌 저금통으로 땡그랑 저축하고 조금씩 무거워질 때마다 행복했습니다.

앞으로 바닥에 떨어진 10원도 소중히 생각하며 열심히 저축하고 나중에 우리 가족 위해 맛있는 거 사드릴 것입니다. 배고픈데 돈이 없어 못 사먹는 사람들도 도와드릴 것입니다. 저축은 우리랑 평생 함께해야 하는 친구인 것 같습니다.

우리 집은
내가 지킨다

엄마, 아빠는 나를 '짠순이'라고 부른다. 내가 돈을 절대 안 쓰기 때문이다.

여름방학이 시작될 때였는데, 우리 아파트 11층에 사는 주영이네 이모가 엄마에게 전화를 했다. 내 잘못을 일러바치려고 말이다. 내가 친구들이랑 놀 때 돈을 안 쓰려고 아무것도 안 사먹고 참는다고.

아무튼 주영이 이모가 그런 비슷한 말을 했다고 엄마가 얘기하면서 엄청 속상해했다. '아휴' 하고 한숨도 쉬었다. 친구들한테 사달라고 조르는 것도 아닌데, 내가 먹고 싶은 걸 참는 게 왜 속상한 일인지 이해가 안 된다.

나는 일주일에 1,000원씩 용돈을 받는다. 그러니까 한 달에 4,000원이 내 용돈이다. 엄마는 친구들하고 놀이터에서 놀다가 아이스크림 사먹을 때 쓰라고 했다.

나는 돈을 잘 안 쓴다. 왜냐하면 급한 일이 있을 때 써야 하니까. 엄마, 아빠가 학원에 나가지 못할 때나, 전쟁이 나거나, 또 바이러스가 많이 퍼지거나 할 때, 그럴 때 써야 한다.

우리 엄마 아빠는 학원을 하시는데, 얼마 전에 엄청 힘든 일이 있었다. 코로나 바이러스 때문에 엄마 학원도 아빠 학원도 문을 닫았다.

처음에 나는 엄마 아빠랑 매일 같이 있어서 좋았다. 그런데 엄마 아빠는 매일매일 한숨만 쉬었다. 같이 놀아주지도 않았다. 쉬는 날이면 맛있는 것도 사먹고 놀러 다녔는데, 엄마 아빠가 돈 걱정을 하는 것을 그때 처음 보았다.

나는 조금 겁이 났다. 우리 집은 부자는 아니지만, 가난하지는 않기 때문에 먹고 싶은 게 있으면 다 사먹을 수 있었는데, 이제는 그렇게 살 수 없을 것 같아서 슬펐다. 그런데 내가 곰곰이 생각해보니까 사실 문제는 따로 있었던 것이다.

우리 엄마는 돈을 아껴 쓰지 않는다. 마트에 갈 때 메모지에 항상 사야 하는 것들을 적어서 가는데, 종이에 적혀 있는 것만 사지 않고 항상 엄청 많이 사온다.

우리 아빠는 내 스마트폰은 안 사주면서 맨날 새 노트북을 산다.

평소에 돈을 아껴 썼으면, 돈을 못 벌게 되어도 그렇게 많이 걱정하지 않아도 되는데 말이다.

나는 그때부터 돈을 잘 안 쓴다. 그래서 내 별명이 '짠순이'다. 하지만 나는 이 별명이 싫지 않다. 먹고 싶은 게 있으면 집에 와서 냉장고에서 꺼내 먹으면 되니까 그렇게 불편하지는 않다. 앞으로도 나는 돈을 정말 많이 모을 것이다. 그래서 엄마 아빠가 돈 걱정을 하면 그때 빌려드릴 거다.

들어보세요

할머니의
롤러코스터 표정

우리 외할아버지께서 2년 전 하늘나라에 가신 후 할머니는 마산에서 혼자 살고 계신다. 올해 생신 때는 할머니를 더 기쁘게 해드리고 싶어 선물을 고민하다가 플라워 용돈 선물박스를 하기로 했다.

딩동!

드디어 택배가 도착했다. 예쁜 핑크색 상자에 돈을 넣을 수 있는 비닐봉투와 엽서가 있었다.

"엄마! 내 용돈도 넣을까?" 하고 말했더니 "나도 내 꺼도!" 하고 동생이 자신의 용돈 가방을 들고 왔다.

우리는 신나게 비닐 돈 봉투 속에 준비한 돈을 넣고 돌돌돌 말면서 예쁜 엽서에 편지도 적었다.

드디어 할머니 생신날!

우리 가족은 마산에 내려가서 외삼촌들과 함께 식사를 했다.

할머니는 다리가 많이 아프시다. 그리고 4년 전 담도암이라는 큰 병 때문에 수술을 하신 후 지금은 괜찮아지셨지만 약을 많이 드셔서 항상 피곤해 하신다. 할머니가 기뻐하셨으면 하는 마음에 우리는 짜잔 하고 준비한 선물상자를 드렸다.

"하이고 이게 뭔데?"

궁금해 하며 뚜껑을 열어보시더니 그냥 평범한 꽃 상자에 엽서만 있는 줄 아시고 편지를 읽으려고 엽서를 뽑아 들었는데 갑자기 돈이 줄줄줄 딸려 나오는 반전에 할머니의 눈이 휘둥그레지셨다.

"호호호 천 원, 오천 원, 만 원."

그런데 할머니 표정이 왜 그런지 기뻐 보이질 않았다. 아프셔서 그런가? 하고 걱정이 되었는데 그다음에 5만 원이 나오자 할머니는 큰 소리로 웃으시며 기다렸다는 듯이 "하이고, 이게 다 얼마고? 무슨 이런 걸" 하시면서 천 원은 패스하고 5만 원을 하나, 둘, 서이, 너이 하시면서 모두 얼마인지 세고 계셨다.

처음에는 선물을 드렸을 때 할머니의 표정과 마지막에 할머니 표정 그리고 목소리는 놀이동산 롤러코스터처럼 느껴졌다.

"할머니, 라윤이랑 제 용돈도 같이 넣었어요!"

그런데 할머니는 '으응' 하시면서 돈이 얼마인지 확인하시느라 내 말이 안 들리는 것 같았다. 엄마는 이런 모습을 동영상으로 찍으셨다.

그리고 온 가족이 식사를 끝내고 과일을 먹으면서 할머니께 동영상을 다시 보여 드렸더니 "호호, 내가 저랬나? 하이고 주책이다" 하시면서 웃으셨다.

서랍 속에 내 용돈이 텅 비었지만 할머니께서 엄청 기뻐하시는 표정을 보면서 나의 용돈을 할머니께 선물해 드린 내 마음이 뿌듯하고 기분이 좋았다. 그리고 하

늘나라에 계시는 할아버지도 이렇게 좋아하는 할머니를 보고 계신다면 기분이

좋으시지 않을까? 하는 생각도 해보았다.

"할머니 생신 축하드려요!"

할머니! 앞으로도 착한 일 많이 해서 용돈 차곡차곡 모아 할머니 빵빵 웃음보

따리 터지게 선물 많이 준비할 테니깐 아프시지 말고 저희 곁에 오래오래 계셔

주세요! 저는요, 할머니를 사랑하니까요.

보배 같은 용돈 활용 방법

'구슬이 서 말이라도 꿰어야 보배'라는 속담을 알고 계십니까?

아무리 좋은 것이라도 다듬어 쓸모 있게 만들어야 진정으로 가치가 있다는 말입니다. 저는 돈도 이와 같다고 생각합니다.

왜냐하면 돈이 많이 있어도 그냥 가지고 있으면 가치가 없기 때문입니다. 저는 제가 받는 용돈을 보배처럼 가치 있게 쓰기 위해 3가지 지갑에 나누어 보관합니다.

하나는 미래를 위한 저축용, 다른 하나는 지구를 위한 기부용, 마지막은 내 마음

대로 현재 쓸 수 있는 돈입니다.

저는 용돈을 부모님께 그냥 받지 않습니다.

가족과 의논하여 제가 할 수 있는 일을 함께 생각하고 일을 하는 시간과 난이도에 따라서 용돈의 액수를 정해 그 일을 실천하면 정해놓은 용돈을 받습니다.

예를 들면, 문제집을 1권 끝내면 5,000원을 받고, 공부 내용을 정리한 공책을 끝내면 2,000원 정도를 받거나 심부름이나 동생에게 책을 읽어줄 때도 돈을 받기도 합니다. 저는 학원을 많이 다니지 않는 대신에 제가 스스로 공부하고 그만큼 돈을 받고 있습니다.

이렇게 받은 용돈을 가치 있게 쓰기 위해 첫 번째 용돈 활용 방법은 '저축 지갑'입니다. 이 지갑에는 미래를 위해 모으는 돈입니다. 대학을 갈 때나 집을 살 때처럼 미래에 큰돈이 필요할 때를 위하여 저금을 하고 있습니다. 저는 이 돈으로

캐리어 1개를 들고 프랑스에 여행을 가보고 싶습니다. 대학생 때 친구랑 프랑스에서 달팽이 요리를 먹고 박물관도 가보고 에펠탑에 올라가 보고 싶습니다. 통장에 돈을 모으면 돈 액수가 점점 늘어나는 것을 보는 재미도 있고 프랑스에 가는 소원을 이루는 것 같아 행복합니다.

'기부용 지갑'은 나 자신만을 위해 쓰지 않고 남을 생각하여 저금하는 지갑입니다. 이 지갑에 있는 돈은 제가 받는 돈의 액수에서 1/3 정도를 저금한 것입니다. 저는 세계자연기금(WWF)이라는 기부단체에 기부하고 있습니다. 저는 어렸을 때부터 지구 온난화 같은 문제에 관심이 정말 많았기 때문입니다. 지구를 도와주는 것이 사람들을 도와주는 것보다 중요합니다. 지구가 건강하지 못하면 사람도 동물도 모두 힘들게 살기 때문입니다. 제 기부금으로 지구가 최대한 건강해지면 좋겠습니다.

마지막 지갑은 제가 현재 쓸 수 있는 돈입니다. 이 지갑이 중요한 이유는 부모님께 돈을 빌리지 않고 내가 사고 싶은 것이 있을 때 바로 쓸 수 있기 때문입니다. 저는 이 돈으로 제가 관심 있는 볼펜, 수첩, 공책 등의 예쁜 문구류와 좋아하는 책 등을 삽니다. 이렇게 혼자 돈을 계산하고 직접 돈을 내는 것이 좋아서 저는 이 지갑이 가장 좋습니다.

'돈은 어떻게 쓰느냐에 따라 돈의 가치가 결정되는 것이다'라는 말이 있습니다. 저도 이 말을 따르면서 저의 용돈 활용 방법으로 저의 미래, 지구의 미래, 저의 현재를 더욱 빛나게 할 것입니다.

들어보세요

로또 복권처럼
행운이 오길

아빠는 당첨을 꿈꾸시며 집 앞의 명당 복권 가게에서 로또를 자주 사신다. 이 가게는 1등, 2등이 나와서 사람들이 줄을 서서 사는 곳이다. 어느 날 하늘에서 갑자기 나에게 100만 원이 생긴다면 아빠가 복권에 당첨된 기분이겠지?

"우리 은정이 예쁜 옷 사줄게"라고 말씀하시는 아빠처럼 행복한 고민에 빠졌다. 어디에 얼마를 써야 할지 말이다. 다 써버리면 욕심쟁이 같아서 20만 원을 꿀꿀이 저금통에 넣고 남은 돈을 어디에 쓸지 고민하기로 했다.

가장 먼저 생각나는 건 나에게 사랑과 정성을 주시는 부모님이다. 우리 엄마의 고향은 베트남이다. 2년 전 베트남 외할머니 댁에 놀러 갔을 때 한국보다 먹을거리가 다양하지 않아 고생했다. 그리고 한국에서 선물로 준비한 음식과 과자를 친척들이 매우 좋아했던 기억이 떠올랐다. 캐리어에 많이 가져가지 못해 아쉬웠는데 지금 친척들의 얼굴이 떠오른다. 나는 베트남 친척들에게 보낼 선물을 사고 싶다. 먼저 마트에서 쇼핑을 할 것이다. 베트남은 매우 덥고 습한 나라였다. 그래서 요리하지 않아도 되는 음식들을 보내는 것이 더 좋을 것 같다. 예전에 이모가 한국에 오셨을 때 한국 라면, 간편 요리, 짜장면, 과자 등을 보고 "한국에는 맛있는 음식이 참 많구나"라고 말씀하신 기억이 났다. 그래서 이런 것들을 듬뿍 사서 택배로 보내드리고 싶다. 그리고 꼭 사야 할 것이 있다. 그건 바로 방탄소년단 굿즈다. 친척 동생이 방탄소년단을 엄청 좋아한다. 베트남에서 케이팝이 인기가 있다는 걸 느꼈던 순간이 많았는데 동생도 팬이었다. 굿즈를 보고 입이 찢어질 동생을 생각하니 흐뭇하다. 이렇게 베트남으로 보낼 선물과 택배비로 30만 원을 쓸 것이다. 그리고 우리 가족은 베트남을 가기 위해 돈을 모으고 있다. 비행기 티켓 값도 비싸고 온 가족이 움직이려면 돈이 많이 필요하다고 하셨다. 그래서 자주 가고 싶어도 못 가고 있다. 나는 20만 원을 베트남을 가기 위한 돈으로 모으고 싶다.

남은 돈 중에서 10만 원은 부모님께 베트남에서 입을 커플티를 사드리고 싶다. 베트남에 놀러 갔을 때 한국에서 여행 온 관광객들이 멋지게 옷을 입고 있는 모습이 부러웠다. 우리 부모님도 예쁘게 옷을 입고 사진을 남겼으면 좋겠다는 생각이 들었다.

'아, 베트남에 가서 부모님께 베트남 전통 의상 아오자이를 사드릴까?' 이모가 나와 여동생에게 사주신 아오자이를 보고 넘 예쁘다고 하셨는데 정작 아빠께서는 전통 의상을 입어보지 못하셨다. 베트남은 한국보다 옷값이 싸기 때문에 두 벌을 살 수 있을 것 같다.

아! 이제 남은 돈 20만 원을 쓸 생각하니 더 신난다. 이 돈은 오직 나를 위해 쓰고 싶다. 가장 하고 싶은 것은 친구들과 놀이공원에 놀러 가는 것이다. 놀이공원 입장권 비용은 3만 원 정도로 비싸지만 쿨하게 낼 수 있다. 놀이공원에 입장해서 가장 먼저 타고 싶은 것은 바이킹이다. 그리고 롤러코스터를 타고 싶다. "까아악!" 사진도 찍고 간식으로 핫도그를 먹고 싶다. 이때 친구들에게 핫도그를 쏘면 좋아할 것 같다.

놀이동산에서 7만 원 정도 쓰고 저녁으로 한우를 배부르게 먹고 싶다. 가족들과 고기를 먹을 때 가격이 너무 비싸서 많이 먹지를 못했다. 더 먹고 싶어도 눈치가 보였는데 이때는 배터지게 먹을 수 있을 것 같다.

마지막 코스로 내 방을 꾸밀 것들을 사러 다이소에 갈 거다. 친구들과 이것저것 구경하는 것을 좋아하는데 예쁜 것들을 미리 찜해두었다. 그래서 방을 꾸밀 장식품과 인형을 사고 싶다.

'아, 운동화도 사고 싶고 블루투스 이어폰도 사고 싶은데 돈이 없네. 하고 싶은 게 너무 많은가?'

계산을 해보니 100만 원을 훌쩍 넘겨버렸다. 처음에는 정말 큰돈이라고 생각했는데 쓸 곳을 생각하니 부족하다. 저축하는 돈을 줄여야 하나 생각도 들고.

어느 날 갑자기 100만 원이 생겨서 부모님께 효도하고, 친구들과 놀이공원도 가고 쇼핑도 하고, 베트남 가족들에게 선물도 보내드린다는 생각에 너무 행복하다. 저축하는 것도 잊지 않는 내가 기특하기도 하다. 몽땅 써버리면 양심에 찔릴 것 같아 저축하려고 했지만 쓸 곳을 생각하니 저축을 줄이고 싶은 솔직한 심정이다. 100만 원으로 행복한 고민을 하면서 잠시라도 너무 기분이 좋아 마치 놀이공원에 있는 것 같았다.

'아빠께서 로또를 자주 사시는 이유가 여기에 있구나' 하는 생각도 든다. 로또에 당첨되는 것처럼 나에게도 100만 원이 생기는 행운이 찾아오면 좋겠다.

꼭 이루어져라!

어느 날
100만 원이 생겼다!

나는 자주 상상에 빠지곤 한다. 주로 하는 상상은 '나에게 많은 돈이 생긴다면 어떤 일을 가장 먼저 할까?'인데, 상상을 할 때마다 가장 먼저 하고 싶은 것이 달라진다. 굉장히 구체적으로 계획을 세우는 나는 비록 상상이더라도 그 순간만큼은 정말 행복하다.

그러던 어느 날, 학교가 끝나서 집으로 가는 길에 돈을 주웠다. 까만 콘크리트 바닥 위에 빛이 나는 100만 원이 턱 떨어져 있었다. 그 돈을 보자마자 주인을 찾아줘야겠다는 생각부터 들었다. 만 원 정도였다면 그냥 가지고 싶었을 텐데, 100만 원이라는 큰돈이 막상 내 눈앞에 있으니 가슴이 쿵쾅쿵쾅 뛰어서 주체를 할 수가 없었다. 그래서 바로 옆 파출소에 가서 경찰 아저씨에게 돈을 주며 말했다.

"아저씨, 돈을 주…주웠는데 주…주인이 누군지 모르겠어요."

내가 잘못한 것도 아닌데 돈을 건네주는 손이 덜덜 떨렸다.

"아주 큰돈을 주웠구나. 이 돈을 나에게 가져다주는 일이 쉽지는 않았을 텐데 정말 용기 있는 행동이었다, 꼬마야. 나중에 주인 찾으면 연락 주마."

그렇게 피출소를 나왔다. 집에 돌아가는 동안 나에게 방금 일어난 일이 현실인지 꿈인지 분간이 잘 안 되어 혼이 나간 듯이 먼 산을 바라보았다. 그러다가 경찰 아저씨가 칭찬을 해주신 것이 자꾸 생각나서 히히 웃어댔다. 칭찬은 고래도 춤추게 한다더니 나도 춤을 추게 했다. 지나가는 사람들 중 가끔 나를 이상하게 쳐다보는 사람들이 있었지만 괜찮았다. 내가 기분이 좋으면 되었기 때문이다.

집에 도착한 나는 엄마에게 지금까지 있었던 일을 모조리 설명했다.

"진짜? 그렇게 큰돈을 주웠단 말이야? 정말 잘했다. 자칫 무시하고 지나갈 수도 있었는데 그걸 발견하고 파출소에 가져다준 행동은 정말 훌륭해. 자랑스러워~"

엄마는 깜짝 놀라며 나를 칭찬했다. 오늘만 해도 칭찬을 두 번이나 받은 나는 하늘로 날아갈 듯이 기뻤다.

주인을 찾아줘서 생긴 큰 기쁨이 서서히 수그러들 쯤, 경찰 아저씨에게서 전화 한 통이 왔다.

"꼬마야, 며칠 전에 네가 돈을 주워다 줬잖니? 그 돈의 주인과 연락이 닿았는데, 사례금으로 그냥 그 돈을 다 주셨단다. 땅에 돈을 떨어뜨려놓고 사람들이 어떻게 행동할지 지켜보려고 하신 것 같아. 일종의 양심 테스트라고나 할까? 그건 그렇고 돈의 주인 되시는 분이 아주 훌륭한 아이라고 칭찬하시면서 돈을 다 주셨으니 네가 잘 쓰면 된단다. 그럼 돈을 돌려받으러 오렴."

전화를 받은 나는 얼이 빠진 표정으로 엄마에게 말했다.

"엄마, 나 100만 원 생겼어."

"응? 그게 무슨 말이니?"

"100만 원이 생겼어."

"자세히 설명 좀 해볼래?"

"그 왜 내가 며칠 전에 100만 원 주워서 파출소 가져다줬잖아. 그 돈 주인이 사람들 양심을 시험해보려고 돈을 바닥에 떨어뜨려놓은 거였대. 근데 내가 그걸 파출소에 가져다준 것을 알고 나에게 훌륭한 아이라고 하시면서 그 돈 다 가지라

고 하셨어.”

“정말? 그럼 그 큰돈이 다 우리 서민이 것이라는 거네?”

“응!”

“아, 엄마! 그럼 나 파출소에 돈 받으러 갔다 올게.”

“엄마랑 같이 가자~”

신나는 발걸음으로 파출소에 가서 돈을 받아가지고 나왔다.

“그 돈은 네가 옳은 행동을 해서 받은 것이니 쓰고 싶은 곳에 쓰도록 해. 엄마는 100만 원을 어디에 쓰라고 말해주지는 않을 거야. 하지만 깊게 생각해서 현명하게 쓰는 것이 좋겠지?”

“응. 정말 잘 써볼게.”

돈을 후회하지 않도록 잘 쓰겠다고 다짐한 나는 집에 도착하자마자 공책 한 권을 펼쳤다.

'100만 원으로 할 수 있는 것'

공책 위에 연필로 큼지막하게 썼다. 100만 원으로 할 수 있는 것은 장난감 사기, 신상 휴대폰 사기, 친구들에게 떡볶이 쏘기 등 엄청 많았다.

더 좋은 곳에 쓸 수는 없을까 고민이 되어 어떻게 쓸지 인터넷에 '100만 원 현명 하게 쓰는 법'이라고 검색하려던 찰나에 검색창 오른편에 위치되어 있는 굿xxxx 광고가 눈에 띄었다.

'기부, 그래! 기부를 하는 거야!'

문득 기부를 하고 싶다는 생각이 들었던 니는 얼마를 기부할지 고민하기 시작했 다. '10만 원 기부를 할까? 아니야, 돈이 많은데 더 기부하면 좋을 것 같은데. 30만 원 정도는 어떨까? 그래, 30만 원을 기부하는 거야.' 마음을 굳힌 나는 엄마를 불렀다.

"엄마! 나 30만 원 기부하기로 했어. 기부하는 거 도와주면 안 돼?"

"그래. 잘 생각했어. 지금 같이 해보자."

마침 학교에서 굿xxxx 희망 편지를 받은 나는 정성껏 편지를 쓰고 30만 원을 넣었다. 하고 나니 큰일을 해치운 것 같은 기분이 들어 개운했다. 남은 70만 원을 어떻게 할지 노트에 적어보기로 했다.

<꼭 필요한 것들>

1. 얼마 전에 부러진 샤프

2. 물을 담아가지고 다니는 물병

3. 더 필요한 것이 없는 듯하다

쓰기 전에는 나에게 필요한 것들이 수두룩한 줄 알았는데 쓰고 보니 2개밖에 없었다. 하나밖에 없는 샤프가 부러져서 새 샤프가 필요하고, 페트병에 물을 담아 다니다 보니 환경오염이 걱정되어 이 김에 물병을 하나 장만하기로 했다.

문방구를 가보니 비싼 샤프들과 천 원짜리 샤프들이 섞여 있었다. 부모님께서 말씀하시길 하나를 사더라도 좋은 것을 사서 오래 쓰라고 하셨다. 그래서 나는 디자인과 실용성 두 가지를 모두 봐 아주 만족스러운 샤프 하나를 구매했다. 집으로 돌아와서는 물병을 찾아보았다. 오래 쓸 수 있고 보온과 보냉이 잘 되는 보온병을 사기로 했다.

꼭 필요한 물건들을 다 사고 나니 이제는 저축을 하고 싶었다. 내 미래를 위해서 저축을 하는 것이 좋은 선택인 것 같았기 때문이다.

"엄마! 나랑 저축하러 은행 가자!"

"남은 돈은 저축을 하기로 했구나~ 그래, 가자."

두둑해질 통장을 생각하니 발걸음이 가벼웠다. 앞으로 저축을 한 돈을 현명하게 쓰기 위해 용돈 기입장을 작성하고, 또 어떤 물건을 사기 전에 이 물건이 나에게 꼭 필요한 것인지 생각하고 또 생각할 것이다.

저축을 한 덕에 통장은 물론, 내 마음까지 든든해졌다.

동상

이서연 남양주 화도초등학교 6학년 4반

할머니와
특별한 여행

🎧 들어보세요

어느 날 나에게 100만 원이 생겼다. 100만 원이 어디서 어떻게 나에게 오게 되었는지는 모른다. 하지만 100만 원 옆에 이런 쪽지가 있었다.

'100만 원은 당신 것입니다. 꼭 하고 싶은 일에 쓰세요.'

나는 돈을 보자마자 할머니 생각이 났다. 할머니를 위해서 돈을 꼭 쓰고 싶었다. 할머니는 나에게 특별하다.

할머니 방에 들어가 보니까 할머니는 어린아이처럼 새근새근 잠들어 있었다. 우리 할머니는 진짜 어린아이가 되어버렸다. 가끔 나를 알아보지 못하기도 하고, 생떼를 부리면서 엄마를 힘들게 하기도 한다. 할머니가 이상하게 변해서 처음에는 가까이 갈 수 없었다. 하지만 할머니가 알츠하이머병에 걸렸다는 것을 알고부터는 할머니를 향해 닫혔던 마음의 문을 열 수 있었다. 나는 할머니를 조심히 흔들어 깨웠다.

"우리 서연이구나."

다행히 할머니가 나를 알아보았다. 나는 할머니를 일으켜 드렸다.

"할머니, 나한테 100만 원이 생겼어. 할머니 뭐하고 싶어요?"

"내 동생 보러 가고 싶어."

"동생이요? 광주민주화운동 때 죽은 할머니 동생이요?"

할머니가 고개를 끄덕이면서 내 손을 잡았다.

"우리 혜자 보고 싶어."

혜자는 할머니 동생 이름이다. 할머니 동생 혜자 할머니는 1980년 광주에서 동네 뒷산으로 올라갔다가 군인들 총에 맞아서 죽었다. 민들레를 캐러 갔던 혜자 할머니 때문에 지금도 우리 할머니는 길가에 핀 민들레꽃을 그냥 지나치지 않는다. 혜자 할머니처럼 억울하게 죽은 사람이 많다는 이야기를 듣고 가슴이 너무 아팠다. 나는 기차표를 예매하고 할머니와 함께 집 밖으로 나왔다. 할머니가 지하철을 타고 가기에는 힘들 것 같아서 택시를 탔다. 돈이 많으니까 택시도 부담 없이 탈 수 있어서 좋았다. 서울역에 도착한 나는 할머니가 좋아하는 찐빵과 우유를 샀다. 기차는 아주 빠르게 달려서 우리를 송정역에 내려주었다. 나는 또 택시를 탔다.

"운정동에 있는 5·18 민주 묘지로 가주세요."

할머니는 한숨을 가늘게 쉬면서 창밖만 쳐다봤다. 그런 할머니 손을 살포시 잡아주었다. 100만 원으로 할머니에게 멋진 옷을 사주고, 맛있는 음식을 사주고 싶었는데, 할머니는 나와 여행을 하고 싶었나 보다. 묘지에 도착한 나는 입구에서 아주 큰 꽃다발을 샀다. 사실 국립묘지에는 할머니 동생 혜자 할머니 무덤이 없다. 혜자 할머니 시체를 끝끝내 찾지 못했던 것이다. 그래서 할머니 가슴속에 혜자 할머니가 깊숙이 박혀 있는지도 모른다. 할머니는 내가 사온 꽃다발을 풀어서 한 송이씩 얼굴도 모르는 묘지에 놓아주었다. 꽃이 다 없어지면 나는 다시 가서 사 가지고 왔다. 그렇게 몇 번을 왔다 갔다 하면서 우리는 묘지에 잠들어 있는 분들에게 꽃을 선물할 수 있었다. 할머니와 나는 묘지를 나와서 식당으로 갔다. 할머니에게 최고 비싼 것을 시키라고 했지만 할머니는 김치찌개를 시켰다.

"우리 혜자가 좋아했어."

자꾸만 혜자 할머니만 생각하는 할머니한테 서운한 마음이 들었다.

'나는 할머니를 위해서 100만 원 쓸 생각을 했는데.'

툴툴대면서 밥을 먹고 있는데, 할머니가 돼지고기를 건져서 내 밥 위에 올려주었다.

"우리 서연이 돼지고기 좋아하지?"

할머니의 한마디에 서운했던 마음이 입 속에 들어간 솜사탕처럼 사르르 녹았다.

"할머니, 오늘 아침에 100만 원이 생겨서 어떤 것에 쓸까 고민했어요. 새로 나온 아이폰도 사고 싶고, 신상 굿즈도 사고 싶었어요. 하지만 할머니를 위해서 쓰고 싶다는 생각이 들었어요. 그런데 할머니는 100만 원을 내가 생각하지도 못했던 뜻깊은 일에 쓰게 만들어주셨어요. 역시 할머니는 최고예요."

나는 엄지 척을 내보이며 활짝 웃었다. 할머니는 밥 한 그릇을 깨끗하게 비워냈다. 오랜만이다. 어쩌면 할머니 마음을 아프게 했던 혜자 할머니에 대한 상처가 아물고 있는지도 모르겠다.

우연히 생긴 100만 원으로 할머니 상처를 치료해줄 수 있어서 행복했다.

남은 돈은 할머니처럼 힘들어하고 있는 분들을 위해서 쓰고 싶다.

후회

우리 아빠를 낳아주신 친할머니께서는 내가 사는 안양에 사신다. 할아버지 없이 혼자 사시기 때문에 우리 가족은 가끔씩 할머니 댁에 간다. 할머니 댁에 가면 맛있는 음식을 마음껏 먹어서 좋지만 더 좋은 것은 용돈을 받는 것이다.

나는 이 글을 쓰면서 내가 부끄럽다는 생각을 처음으로 하게 되었다. 그동안 용돈을 받은 것이 수없이 많은데 그것을 저축하기보다 내가 쓰고 싶은 대로 마구 써왔기 때문이다.

나는 참 이상하다. 할머니 집에서 많이 먹고 우리 집 냉장고에도 먹을 게 많은데 돈만 있으면 밖에서 사먹고 싶어진다. 떡볶이, 햄버거, 아이스크림, 튀김, 달고나 등등을 보면 습관처럼 사 버려 돈을 쉽게 써버리고 만다. 나는 절약보다는 낭비가 습관화된 것이다.

나에게는 유리병 저금통이 있다. 2년 전에 집에 있는 유리병을 내 저금통으로 삼

앉는데 돈이 생기면 저금통에 넣어야지 다짐했는데 작심삼일이었다. 내 입이 못 참고 내 마음이 못 참아 군것질로 바로 이어졌다. 유리병이 투명해서 한눈에 보이는데 아직도 꽉 차지 못해서 나를 원망하게 되는 것 같다.

이 글을 쓰다 보니 내 부족함이 진하게 느껴진다. 같은 엄마가 낳은 내 동생은 나와 다르다. 세뱃돈은 엄마가 뺏더라도 나머지 용돈을 꼬박꼬박 모아서 40만 원도 넘게 모았다. 나는 함부로 쓰고 보는데 동생은 용돈 기입장에 꼬박꼬박 적어놓는다. 같은 남매인데도 오빠로서 너무 부끄럽다.

그리고 얼마 전에 동생이 책을 한 권 사왔는데 《주머니에서 짤랑대는 나의 경제》라는 책이었다. 생각이 커지는 열 살부터 읽기에 딱 좋은 경제 책이라고 했다. 동생은 열한 살이고 나는 열세 살인데도 경제 책 살 생각조차 못했으니 참 부끄럽다.

이제 나는 초등학교 6학년이다. 조금만 더 있으면 새내기 중학생이 된다. 오빠로서 동생을 어부바해야 하는데 동생이 나를 어부바할 처지가 되었다.

이제 변화되겠다. 쓰는 즐거움보다 모으는 즐거움을 느낄 수 있도록 유리병 저금통부터 꽉 채우는 내가 되겠다. 더 크게 후회하기 전에 돈의 가치를 소중히 생각하며 근검절약을 실천하는 내가 되겠다.

강인석 아동문학가

어린이들에게 '금융'이라는 말과 '서민'이라는 말은 낯설 겁니다. 어린이 생활과 직접 연결되는 점이 많지 않고, 이와 관련된 경험을 할 기회도 적기 때문이지요. 이렇게 잘 알지 못하는 것에 대해 글을 쓴다는 것은 쉬운 일이 아니랍니다. 그래서 이번 글짓기 대회에 참여한 모든 어린이는 어려운 일을 척척 잘해낸 대단한 친구들이라는 것을 꼭 말해주고 싶어요.

잘 알지 못하는 것에 대한 글쓰기를 잘하는 방법은, 내가 잘 아는 것과 연결지어서 글을 쓰는 것입니다. 나의 작은 경험, 내가 어디선가 봤던 이야기, 내가 몇 번씩 상상했던 것들과 '서민' '금융'을 연결해보면 조금은 더 수월하게 글을 쓸 수 있을 것입니다.

'어느 날 100만 원이 생겼다'와 '용돈을 잘 관리하는 나만의 비결', 그리고 '우리 가족의 즐거운 저축 생활'이라는 이번 대회의 세 주제는 어린이들이 경험한 것과 연결지어 글을 쓸 수 있도록 하는 배려가 담겨 있습니다. 그래서 자신만의 이야기로 잘 풀어낸 좋은 작품을 많이 만날 수 있었습니다.

접수된 작품 중에서 유독 눈에 띄는 글이 몇 편 있었습니다. '어느 날 100만 원이 생겼다'라는 주제로 쓴 손성민 어린이는 초등학교 4학년 입장에서 자연스럽게 자기 생각을 흘러가는 대로 적어냈습니다. 글을 지나치게 꾸미지도 않고요. 그러면서도 주제에서 벗어나지 않았고, 개인과 가족에 이어 주변까지 둘러보는 시선으로 확장되는 참 좋은 글이라는 평가를 심사위원들로부터 받았습니다. 저학년에서는 '10살 인생 용돈 관리법'이라는 제목으로 김지원 어린이가 쓴 글이 눈에 들어왔습니다. 용돈 관리라는 주제 아래 다른 친구들이 생각해내지 못했지만, 쉽게 접근할 수 있는 소재들을 잘 담아냈습니다. 중고 서점, 헌 책, 나눔가게 등을 자기 이야기 속에 가져와 풀어내는 힘이 저학년답지 않게 여겨질 정도로 좋았습니다. 이 외에도 멋진 작품이 많아서 우열을 가리기 어려웠습니다. 그래서 '요즘 어린이들이 글을 참 잘 쓰는구나'라는 생각으로 고개를 끄덕이며 심사를 했습니다.

좋은 글이란, 자기 이야기가 솔직하게 담기고 다른 사람들이 쉽게 이해하고 공감할 수 있는 글이라고 생각합니다. 특정한 주제가 주어지면 주제에서 벗어나지 말아야 하고, 우리말 사용법에 어긋나지 않는지도 점검해야겠지요. 자기 글을 돌아보고 다듬는 것도 좋은 글을 쓰는 습관이라고 생각하며, 글짓기에 참여한 모든 어린이에게 박수를 보냅니다.

어느 날
100만 원이 생겼다

초판 1쇄 발행 2021년 4월 6일

지은이 김지원 외 22인

펴낸이 신협중앙회

발행처 (주)조선뉴스프레스

등록 2001년 1월 9일 제301-2001-037호

주소 서울특별시 마포구 상암산로34, 디지털큐브빌딩 13층

문의 02-724-6710(조선뉴스프레스)

디자인 designGO

일러스트 이희숙(www.instagram.com/kisook22)

값 4,000원

ISBN 979-11-5578-485-3

12800

9 791155 784853

ISBN 979-11-5578-485-3